Arthur Conan Doyle

La Figure jaune

Texte et illustration de couverture : © domaine public
Edition : Culturea (Hérault, 34)
Contact : infos@culturea.fr
Retrouvez notre catalogue sur http://culturea.fr
Imprimé en Allemagne par Books on Demand
Design typographique : Derek Murphy
Layout : Reedsy (https://reedsy.com/)

Dépôt légal : janvier 2023

ISBN : 9791041927227

Table des matières

La figure jaune

Les dons exceptionnels de mon compagnon m'ont permis d'être l'auditeur, et parfois l'acteur, de drames étranges. En publiant ces croquis tirés de dossiers innombrables, j'insiste tout naturellement davantage sur les succès de Holmes que sur ses échecs. Ne croyez pas que je le fasse dans l'intérêt de sa réputation : c'était en effet dans les cas où toutes ses ressources paraissaient épuisées qu'il déployait une énergie et une vivacité d'esprit absolument admirables. La raison est ailleurs : là où il échouait personne d'autre, généralement, ne réussissait ; du coup l'affaire s'enterrait avant d'avoir reçu une conclusion. Il arriva tout de même que Holmes se trompa et que la vérité fut néanmoins tirée du puits. Je possède des notes sur une demi-douzaine de cas de ce genre : l'affaire de la deuxième tache et celle que je vais raconter sont les deux qui présentent un maximum d'intérêt.

Sherlock Holmes prenait rarement de l'exercice par amour de l'exercice. Peu d'hommes, à ma connaissance, étaient capables d'un plus grand effort musculaire et, sans contestation possible, il comptait parmi les meilleurs boxeurs à son poids. Mais il considérait l'effort physique sans objet comme un gaspillage d'énergie. S'il se remuait, cela faisait partie de son activité professionnelle. Il était alors infatigable. Son régime alimentaire péchait plutôt par un excès de frugalité que par une trop grande richesse. Ses habitudes fort simples frôlaient l'austérité. En dehors de la cocaïne dont il usait par intermittences, je ne lui connaissais pas de vice. D'ailleurs lorsqu'il se tournait vers la drogue, c'était pour protester à sa manière contre la monotonie de l'existence, sous le prétexte que les affaires étaient rares et les journaux sans intérêt.

Cette année-là, le printemps s'annonçait précoce. Holmes rompit un après-midi avec ses habitudes pour faire une promenade dans Hyde Park en ma compagnie : les premières touches de vert égayaient les ormes, les poisseuses barbes des noisettes commençaient à jaillir de leurs quintuples feuilles.

Pendant deux heures nous marchâmes pour le plaisir de marcher. Le plus souvent sans échanger une phrase, comme il sied à deux hommes qui se connaissent intimement. Quand nous nous retrouvâmes dans Baker Street il était près de cinq heures.

Notre groom nous arrêta sur le seuil de la maison.

« Pardon, monsieur ! Un monsieur vous a demandé, monsieur. »

Holmes m'accabla d'un regard lourd de reproches.

« Voilà bien les promenades ! s'écria-t-il. Ce monsieur est reparti ?

– Oui, monsieur.

– Vous ne lui aviez pas dit d'entrer ?

– Si, monsieur. Il est entré.

– Combien de temps a-t-il attendu ?

– Une demi-heure, monsieur. C'était un monsieur bien agité, monsieur ! Il marchait, il n'a pas arrêté de tout le temps qu'il est resté ici. J'attendais à la porte, monsieur, et je l'entendais. A la fin il est sorti dans le couloir et il a crié : "Est-ce que cet homme ne va jamais rentrer ?" Tel que je vous le dis, monsieur ! J'ai répondu : "Vous n'avez qu'à attendre un petit peu encore." Il m'a dit : "Alors, je vais attendre au grand air, car je me sens comme si j'étouffais. Je vais revenir bientôt !" Là-dessus il est sorti. Rien de ce que je lui ai dit n'a pu le retenir.

– Bon ! Vous avez fait pour le mieux, dit Holmes tandis que nous pénétrions dans notre salon. C'est tout de même assommant, Watson ! J'avais vraiment besoin d'une affaire pour me distraire, et d'après l'impatience de ce client, j'en aurais eu une importante, sans doute... Halloa ! Sur la table ce n'est pas votre pipe. Il doit avoir oublié la sienne. Une belle pipe en vieille bruyère avec un bon tuyau terminé par ce que le marchand de tabac appelle de l'ambre. Je me demande combien il y a à Londres de vrais tuyaux de pipe en ambre. On m'a affirmé que lorsqu'il y avait une mouche dedans c'était un signe d'authenticité. Voici une industrie : mettre des fausses mouches dans du faux ambre ! Eh bien, il faut que notre visiteur ait été très troublé pour oublier une pipe à laquelle il attache un grand prix !

– Comment savez-vous qu'il y attache un grand prix ?

– Voyons : cette pipe coûte à l'achat sept shillings et six pence. Or, elle a été deux fois réparée : une fois dans le tuyau en bois, une autre fois dans l'ambre. Ces deux réparations ont été faites, comme vous le remarquez, avec des bagues d'argent qui ont dû coûter plus que la pipe. L'homme qui préfère raccommoder sa pipe plutôt que d'en acheter une neuve pour le même prix, y attache en principe une grande valeur.

– Rien d'autre ? » interrogeai-je.

Holmes tournait et retournait la pipe dans sa main et il la contemplait pensivement, à sa manière.

Il la leva en l'air et la tapota de son long index maigre comme aurait fait un professeur dissertant sur un os.

« Les pipes sont parfois d'un intérêt extraordinaire, dit-il. Je ne connais rien qui ait plus de personnalité sauf, peut-être, une montre ou des lacets de chaussures. Ici toutefois les indications ne sont ni très nettes ni très importantes. Le propriétaire de cette pipe est évidemment un gaucher solidement bâti qui possède des dents excellentes, mais qui est assez peu soigné et qui ne se trouve pas contraint de pratiquer la vertu d'économie. »

Mon ami me livra tous ces renseignements avec une nonchalance affectée, car je le vis me regarder du coin de l'œil pour savoir si j'avais suivi son raisonnement.

« Vous pensez qu'un homme qui fume une pipe de sept shillings doit vivre dans l'aisance ? dis-je.

– Voici du tabac de Grosvenor à huit pence les 30 grammes, me répondit Holmes en faisant tomber quelques miettes sur la paume de sa main. Comme il pourrait acheter du très bon tabac pour un prix moitié moindre, il n'a pas besoin d'être économe.

– Et les autres points ?

– Il a pris l'habitude d'allumer sa pipe à des lampes ou à des flammes de gaz. Regardez : là, sur un côté, elle est toute carbonisée. Une allumette ne ferait pas ces dégâts : personne ne tient une allumette à côté de sa pipe. Mais personne non plus ne peut allumer une pipe à une lampe sans brûler le fourneau. Et le fourneau est brûlé du côté droit. J'en déduis donc que ce fumeur est un gaucher. Approchez votre pipe près de la lampe : comme vous êtes droitier, tout naturellement c'est le côté gauche que vous exposez à la flamme. Vous pourriez de temps à autre exposer le côté droit, mais vous ne le feriez pas habituellement. Or, cette pipe n'est brûlée que du côté droit. Par ailleurs l'ambre a été mordu, abîmé. Ce qui suppose un fumeur musclé énergique, et pourvu d'une excellente dentition. Mais si je ne me trompe pas, le voilà dans l'escalier : nous allons avoir à étudier quelque chose de plus intéressant que sa pipe. »

Un instant plus tard, la porte s'ouvrit, et un homme jeune, de grande taille, pénétra dans notre salon. Il était vêtu avec une simplicité de bon goût : costume gris foncé, chapeau de feutre marron. Je lui aurais à peine donné trente ans ; en réalité il en avait un peu plus.

« Je vous prie de m'excuser, commença-t-il vaguement confus. Je crois que j'aurais dû frapper. Oui, bien sûr, j'aurais dû frapper à la porte ! Le fait est que je suis un peu bouleversé. Alors mettez cet oubli sur le compte de mes ennuis. »

Il passa la main sur son front comme quelqu'un à demi hébété, avant de tomber sur une chaise.

« Je vois que vous n'avez pas dormi depuis deux ou trois jours, fit Holmes avec une gentillesse spontanée. Le manque de sommeil met les nerfs d'un homme à l'épreuve plus que le travail, et même plus que le plaisir. Puis-je savoir comment je pourrais vous aider ?

– Je voulais votre avis, monsieur. Je ne sais pas quoi faire, et c'est toute ma vie qui s'effondre.

– Vous désirez me consulter en tant que détective ?

– Pas cela seulement. Je veux l'opinion d'un homme de bon jugement, d'un homme du monde aussi. Je veux savoir ce que je devrais faire. J'espère que vous serez capable de me le dire. »

Il s'exprimait par petites phrases qui étaient autant d'explosions. J'eus l'impression que parler lui était très pénible et que sa volonté luttait pour dominer son penchant au mutisme.

« Il s'agit d'une chose très délicate, nous expliqua-t-il. On n'aime pas parler de ses affaires domestiques aux étrangers. Cela me semble terrible de discuter de la conduite de ma femme avec deux hommes que je n'ai jamais vus auparavant. C'est horrible d'avoir à le faire. Mais je n'en peux plus. Il me faut un conseil.

– Mon cher monsieur Grant Munro », commença Holmes.

Notre visiteur bondit de sa chaise.

« Comment ! s'écria-t-il. Vous connaissez mon nom ?

– Lorsque vous tenez à préserver votre incognito, répondit Holmes en souriant, permettez-moi de vous conseiller de ne plus porter voter nom gravé sur la coiffe de votre chapeau, ou alors tournez la calotte vers la personne à qui vous vous adressez... J'allais vous dire que mon ami et moi nous avons entendu dans cette pièce beaucoup de secrets troublants et que nous avons eu la chance d'apporter la paix à quantité d'âmes en peine. J'espère que nous en ferons autant pour vous. Puis-je vous demander, car il se peut que le temps soit précieux, de me communiquer sans attendre davantage les éléments de votre affaire ? »

Notre visiteur se passa une main sur le front comme s'il éprouvait une sensation très douloureuse. Tous ses gestes, tous les jeux de sa physionomie révélaient un homme réservé, peu communicatif, avec une pointe d'orgueil, vraiment mieux disposé à cacher ses blessures qu'à les étaler. Puis tout à coup, avec le geste farouche de quelqu'un qui rejette par-dessus bord toute pudeur et toute discrétion, il commença :

« Voici les faits, monsieur Holmes. Je suis marié depuis trois ans. Pendant ces trois ans ma femme et moi nous nous sommes aimés l'un l'autre et nous avons vécu dans le bonheur comme, je vous assure, peu d'époux l'ont fait. Nous avons toujours été d'accord en pensées, en paroles, en actes. Et maintenant, depuis lundi dernier, une barrière s'est subitement élevée entre nous ; et je découvre que dans sa vie et dans ses préoccupations il y a quelque chose que je connais aussi peu que si elle était une passante de la rue. Nous sommes devenus des étrangers, et je voudrais savoir pourquoi.

« Cela dit, et avant d'aller plus loin, mettez-vous bien dans la tête, monsieur Holmes, qu'Effie m'aime. Aucun malentendu à ce sujet, n'est-ce pas ? Elle m'aime avec tout son cœur et toute on âme. Et jamais elle ne m'a aimé davantage, je le sens, je le sais. Il n'y a pas à discuter là-dessus. Un homme peut dire assez facilement quand une femme l'aime. Mais voilà : il y a ce secret entre nous, et nous ne pourrons jamais redevenir les mêmes avant qu'il soit éclairci.

– Ayez l'obligeance de me mettre au courant des faits, monsieur Munro ! interrompit Holmes avec une légère impatience.

– Je vais vous dire ce que je sais de la vie d'Effie. Elle était veuve quand je l'ai rencontrée pour la première fois. Et pourtant elle était jeune : vingt-cinq ans seulement. Elle s'appelait alors Mme Hebron. Elle était allée en Amérique quand elle était enfant et elle avait vécu dans la ville d'Atlanta. Ce fut là qu'elle épousa ce Hebron, avocat pourvu d'une bonne clientèle. Ils eurent un enfant, mais une épidémie de fièvre jaune se déclara dans la ville, et le mari et l'enfant furent emportés par le mal. J'ai vu le certificat de décès. Dégoûtée de l'Amérique elle revint habiter chez une vieille tante à Pinner, dans le Middlesex... Je puis dire que son mari lui avait laissé une aisance confortable, et qu'elle avait un capital d'environ 4500 livres qu'il avait si bien fait fructifier, qu'il lui rapportait en moyenne du 7%. Elle était à Pinner depuis six mois quand je la rencontrai : ce fut le coup de foudre réciproque, et nous nous mariâmes quelques semaines plus tard.

« Je suis moi-même marchand de houblon ; comme j'ai un revenu annuel de sept ou huit cents livres, nous nous trouvâmes dans une situation financière prospère, et nous louâmes à Norbury une jolie villa pour 80 livres par an. Bien que ce soit près de Londres, nous sommes presque en pleine campagne. Un peu plus haut, il y a une auberge et deux maisons, ainsi qu'une autre villa juste à l'extrémité du champ qui nous fait face. En dehors de cela, pas d'autres habitations jusqu'à ce que l'on arrive près de la gare. Mes affaires m'amènent à la City dans certaines périodes de l'année, mais en été j'ai moins de travail : aussi, dans notre maison de campagne ma femme et moi coulions des jours parfaits. Je vous le répète : jamais une ombre ne s'est glissée entre nous jusqu'au début de cette maudite histoire.

« Ah ! que je vous précise un détail ! Quand nous nous sommes mariés, ma femme m'a cédé tous ses biens. C'était plutôt contre mes idées, car si mes affaires avaient mal marché nous aurions été dans de beaux draps ! Mais elle y tenait, et ce fut fait. Eh bien, voici à peu près six semaines, elle vint me dire :

« – Jack, lorsque je t'ai donné mon argent, tu m'as bien déclaré que lorsque je voudrais une certaine somme je n'aurais qu'à te la demander ?

« – Bien sûr ! lui répondit-je. Il est toujours à toi.

« – Alors, dit -elle, je voudrais cent livres.

« Je fus un peu surpris : je m'étais imaginé qu'elle avait tout simplement envie de s'acheter une nouvelle robe ou quelque chose comme ça.

« – Et pour quoi faire ? demandai-je.

« – Oh ! fit-elle avec son enjouement habituel. Tu m'as dit que tu serais mon banquier. Les banquiers ne posent jamais de questions, tu sais !

« – Si réellement tu veux cet argent, tu l'auras.

« – Oh oui ! Je le veux réellement.

« – Et bien tu ne peux pas me dire pour quoi faire ?

« – Un jour, peut-être, mais pas tout de suite, Jack !

« Je dus donc me contenter de cette dérobade. C'était pourtant la première fois qu'il y avait un secret entre nous. Je lui remis un chèque, et je n'y pensai plus. Peut-être cet incident n'a-t-il rien à voir avec la suite, mais j'ai préféré le mentionner.

« Je vous ai dit qu'il y avait une autre villa non loin de la nôtre. Un champ nous en sépare. Mais pour y accéder, il faut prendre la route, puis tourner dans un petit chemin. Juste après, derrière la villa, s'étend un agréable petit bois de pins d'Écosse. J'avais pris l'habitude d'aller me promener par là, car les arbres sont toujours de bons voisins. Depuis huit mois que nous nous étions installé à Norbury, nous n'avions vu personne dans la villa. Elle était vide, inoccupée, et c'était dommage car elle avait un porche ancien tout couvert de chèvrefeuille, deux étages... Plus d'une fois je m'arrêtais devant pour la contempler, et je me disais qu'elle ferait une ravissante petite ferme.

« Bon. Lundi soir je descendais à pied par là, quand je croisai un fourgon vide qui remontait le petit chemin. Sur la pelouse à côté du porche étaient déballées toutes sortes de choses, des tapis, etc. C'était clair : la villa enfin avait été louée. Je la longeai, la dépassai, puis m'arrêtai, comme tout flâneur aurait pu le faire, pour la regarder, et je me demandai quelle sorte de gens venaient habiter si près de chez nous. Et tandis que je regardais, je pris soudain conscience qu'une figure m'observait par l'une des fenêtres du haut.

« Je ne sais pas ce qu'il y avait sur cette figure, monsieur Holmes, mais j'en ai eu la chair de poule. J'étais à quelque distance et je ne pouvais pas bien distinguer ses traits ; pourtant elle donnait l'impression de quelque chose d'anormal, d'inhumain. Du moins fut-ce ce que je ressentis. J'avançai rapidement pour voir de plus près qui m'observait ainsi. Mais lorsque j'approchai, la figure disparut soudain : si vite qu'elle paraissait avoir été arrachée de la fenêtre et rejetée dans la pièce obscure. Je demeurai là cinq minutes à réfléchir, à essayer d'analyser mes impressions. Je ne pouvais affirmer si c'était une figure d'homme ou de femme. Sa couleur m'avait frappé plus que tout. Imaginez une figure d'un jaune livide mat, avec quelque chose de figé et de rigide, affreusement monstrueuse. J'étais si troublé que je résolus d'en savoir davantage sur les nouveaux habitants de la villa. J'allai frapper à la porte. On m'ouvrit immédiatement. Je me trouvai face à face avec une grande femme décharnée au visage rébarbatif.

« – Qu'est-ce que vous voulez ? me demanda-t-elle.

« Elle avait l'accent du Nord.

« – Je suis votre voisin, répondit-je en désignant ma maison. Je vois que vous venez seulement d'emménager. Et je pensai que si je pouvais vous être d'une aide quelconque...

« – Oui ? Eh bien, quand on aura besoin de vous, on ira vous chercher !

« Sur quoi elle me claqua la porte au nez. Mécontent de cette grossière rebuffade, je fis demi-tour et revins chez moi. Toute la soirée, bien que je me fusse efforcé de penser à autre chose, j'étais obsédé par l'apparition à la fenêtre de la figure jaune et les manières hargneuses de la locataire. Je décidai de ne pas parler e l'apparition à ma femme : elle est en effet d'un tempérament nerveux, exalté ; et je ne jugeais pas utile de lui faire partager une impression aussi désagréable. Avant de m'endormir, je lui dis toutefois que la villa était maintenant occupée ; elle ne me répondit rien.

« D'habitude, j'ai un sommeil de plomb. Dans ma famille il est de tradition de plaisanter sur mes facultés de dormeur : en principe rien ne saurait me réveiller la nuit. Mais ce soir-là, soit par suite de l'incident qui m'avait agacé, soit pour toute autre raison, je dormis beaucoup moins lourdement. Et, un peu comme dans un rêve, je me rendis compte confusément que ma femme s'était levée, habillée, qu'elle mettait un manteau et un chapeau. J'ouvrais la bouche pour lui signifier ma surprise et pour lui adresser une remontrance touchant une toilette aussi prématurée quand mes yeux à demi ouverts remontèrent jusqu'à son visage qu'éclairait la flamme d'une bougie. La stupéfaction scella mes lèvres. Elle m'apparut telle que je ne l'avais jamais vue auparavant, telle que je ne l'aurais jamais crue capable de devenir. Elle était mortellement pâle. Elle avait le souffle rapide. Elle haletait presque. Elle jetait des coups d'œil furtifs dans la direction du lit tout en enfilant son manteau pour s'assurer que je dormais toujours et qu'elle ne m'avait pas réveillé. Mon immobilité et ma respiration régulière l'ayant rassurée, elle s'échappa sans bruit de notre chambre. Un moment plus tard j'entendis un grincement aigu qui ne pouvait provenir que des gonds de la porte d'entrée. Je me dressai sur mon séant et me pinçai vigoureusement pour savoir si je rêvais ou non. Je regardai ma montre : il était trois heures. Que diable pouvait faire ma femme sur une route de campagne à trois heures du matin ?

« Il y avait bien vingt minutes que je tournais et retournais tout cela dans ma tête pour trouver une explication plausible (et plus je réfléchissais, plus je me heurtais à de l'extraordinaire, à de l'inexplicable) quand j'entendis la porte d'entrée se refermer doucement, et ses pas monter l'escalier.

« — Où donc es-tu allée, Effie ? lui demandai-je quand elle rentra dans note chambre.

« Elle tressaillit violemment et elle poussa une sorte de cri étouffé quand elle m'entendit ; ce cri et ce sursaut me troublèrent plus que tout le reste car ils traduisaient indiscutablement un sentiment de culpabilité. Ma femme avait toujours été d'un naturel franc et ouvert. Il y avait de quoi frémir à la voir pénétrer comme une voleuse dans sa propre chambre, et crier, et chanceler lorsque son mari lui adressait la parole.

« — Tu es réveillé, Jack ? s'exclama-t-elle dans un petit rire nerveux. Moi qui croyais que rien ne pouvait t'éveiller !...

« – Où es-tu allée ? répétai-je avec une sévérité accrue.

« – Ton étonnement ne me surprend pas, tu sais ! me dit-elle.

« Tandis qu'elle déboutonnait son manteau, je voyais ses doigts qui tremblaient.

« – Ma foi ! reprit-elle. Je ne me rappelle pas avoir jamais fait une chose pareille. Le fait est que je me sentais comme si j'étouffais, et que j'avais besoin de respirer au grand air. Je crois réellement que je me serais évanouie si je n'étais pas sortie. Je suis restée devant la porte quelques minutes, et maintenant ça va tout à fait bien.

« Pendant qu'elle me débitait son histoire, elle ne me regarda pas une fois dans les yeux, et sa voix n'avait pas du tout ses intonations habituelles. Je fus convaincu qu'elle me mentait. Je ne répondis pas. Je me retournai face au mur, le cœur brisé, l'esprit débordant de doutes et de soupçons empoisonnés. Que me cachait ma femme ? Où était-elle allée pendant cette expédition bizarre ? Je sentis que je ne connaîtrais plus de paix avant de savoir. Et cependant je me retins de le lui redemander puisqu'elle m'avait menti une fois. Tout le reste de la nuit je m'agitai en quête d'une théorie qui conciliât la vérité et notre bonheur ; je n'en trouvai point de vraisemblable.

« Ce jour-là j'aurais dû me rendre la City, mais j'avais l'esprit trop perturbé pour m'intéresser à mes affaires. Ma femme semblait aussi bouleversée que moi-même ; d'après les rapides regards interrogatifs qu'elle me lançait, je vis qu'elle avait compris que je ne la croyais pas, et qu'elle ne savait vraiment plus quoi faire. Pendant le petit déjeuner nous n'échangeâmes pas deux phrases. Immédiatement après je sortis pour marcher et repasser dans ma tête toute l'affaire à l'air frais du matin.

« J'allai jusqu'au Crystal Palace, passai une heure dans le parc, et je fus de retour à Norbury vers une heure de l'après-midi.

Mon chemin me mena près de la villa de l'apparition. Je m'arrêtai un instant pour regarder les fenêtres, dans l'espoir de pouvoir mieux étudier la figure invraisemblable que j'avais observée la veille. Jugez de ma stupéfaction, monsieur Holmes, quand la porte s'ouvrit et que ma femme sortit !

« A sa vue, je fus frappé de stupeur. Mais mon émotion ne fut rien à côté de celle qui chavira ses traits quand nos regards se croisèrent. Un instant je crus qu'elle allait rentrer en courant dans la maison. Mais elle se rendit compte que toute feinte serait inutile. Alors elle s'avança vers moi. Elle avait un visage blême et des yeux épouvantés qui démentaient le sourire que ses lèvres arborèrent.

« – Oh Jack ! fit-elle. Je suis allée voir si je ne pouvais pas aider nos nouveaux voisins. Pourquoi me regardes-tu comme ça, Jack ? Tu n'es pas fâché contre moi, dis ?

« – Donc, répondit-je, voilà où tu es allée cette nuit ?

« – Que veux-tu dire ?

« – C'est ici que tu es allée. J'en suis sûr ! Quels sont les gens à qui tu vas rendre visite à pareille heure ?

« – Je n'y étais pas allée déjà, Jack.

« – Comment peux-tu articuler ce que tu sais être un mensonge ? Ta voix n'est plus la même. Moi jamais je ne t'ai caché quoi que ce soit ! Je vais entrer, je saurai bien ce qu'il en est !

« – Non, Jack, pour l'amour de Dieu ! s'écria-t-elle. Je te jure qu'un jour tu sauras tout, mais si tu vas dans cette villa, tu ne provoqueras que du malheur...

« Comme j'essayais de l'écarter, elle s'accrocha à moi dans une supplication frénétique.

« – Aie confiance en moi, Jack ! cria-t-elle. Fie-toi à moi pour cette fois seulement. Tu n'auras jamais à le regretter ! Tu sais bien que je ne te cacherais jamais rien sauf par amour pour toi ! Notre existence entière se joue là-dessus. Si tu rentres avec moi chez nous, tout sera bien. Si tu entres de force dans cette villa, tout sera fini entre nous !

« Dans son attitude il y avait une telle gravité, un tel désespoir que je m'arrêtai devant la porte, ne sachant plus que faire.

« – Je te croirai à une condition, et à une seule condition ! lui dis-je enfin. C'est qu'à partir de maintenant il n'y ait plus de mystère. Tu as le droit de garder un secret qui t'appartient, mais il faut que tu me promettes que tu ne feras plus de visites nocturnes et que tu ne me cacheras plus rien désormais.

« – J'étais sûre que tu aurais confiance en moi ! s'écria-t-elle en poussant un grand soupir de soulagement. Ce sera comme tu le veux. Retournons, oh ! retournons chez nous !

« Elle me tirait par la manche, nous nous éloignâmes de la villa. Tout de même je me retournai pour regarder et voilà que je revis la figure jaune, livide, à la fenêtre d'en haut. Quel lien pouvait-il exister entre ma femme et cette créature, ou avec la mégère hargneuse que j'avais vue la veille ? C'était une énigme peu ordinaire. Mais je savais que tant que je ne l'aurais pas résolue, je ne pourrais jamais retrouver la tranquillité d'esprit.

« Les deux jours qui suivirent cette scène, je demeurai chez moi, et ma femme parut exécuter loyalement l'engagement qu'elle avait pris car, à ma connaissance du moins, elle ne sortit pas de la maison. Le troisième jour cependant, j'eus la preuve évidente que sa promesse solennelle ne suffisait pas à la soustraire à cette influence mystérieuse qui l'éloignait de son mari et de son devoir.

« J'étais allé en ville ce jour-là, mais je revins par le train de deux heures quarante au lieu de prendre, comme à l'accoutumée, le train de trois heures trente-six. Quand j'entrai chez moi, la bonne accourut dans le vestibule avec un air effaré.

« – Où est votre maîtresse ? demandai-je.

« – Je crois qu'elle est sortie pour se promener, répondit-elle.

« Immédiatement le soupçon se réinstalla dans mon esprit. Je me précipitai en haut pour avoir la confirmation qu'elle n'était pas dans la maison. Je ne sais pas pourquoi, je regardai dehors par l'une des fenêtres de l'étage, et je vis la domestique à laquelle je venais de parler courir à travers le champ en direction de la villa. Alors, bien sûr, je compris ce que cela signifiait. Ma femme était allée là-bas, et elle avait prié la bonne de la chercher si je rentrais plus tôt. Vibrant de colère, je me ruai à mon tour dans le champ. J'étais décidé à en terminer avec ce mystère. J'aperçus ma femme et la bonne qui se hâtaient par le petit chemin, mais je ne m'arrêtai pas pour leur parler. Dans la villa se dissimulai ce secret qui assombrissait ma vie. Je me jurai que, quoi qu'il advînt, ce secret serait percé au jour. Quand j'arrivai, je ne frappai même pas. Je tournai le loquet et me précipitai dans le corridor.

« Au rez-de-chaussée, tout était calme et tranquille. Dans la cuisine une bouilloire chantait sur le feu. Un gros chat noir était couché en rond dans un panier. Il n'y avait aucune trace de la mégère. Je courus dans l'autre pièce ; elle était vide. Je gravis quatre à quatre l'escalier, mais seulement pour trouver tout en haut deux autres pièces inoccupées. Il n'y avait personne dans toute la maison. Le mobilier et les tableaux étaient d'un goût résolument vulgaire, sauf dans la chambre à la fenêtre de laquelle j'avais vu l'apparition. C'était une pièce confortable, élégante, et tous mes soupçons s'embrasèrent quand je vis sur la cheminée une photographie en pied de ma femme ; cette photographie, je l'avais prise moi-même trois mois plus tôt.

« Je restai assez longtemps pour être certain que la maison était absolument vide. Puis je la quittai avec sur le cœur un poids épouvantable. Quand je rentrai chez moi, ma femme sortit dans le vestibule, mais j'étais trop peiné, trop en colère aussi pour lui parler. Je ne m'arrêtai pas et je me dirigeai vers mon bureau. Elle me suivit et entra avant que j'eusse pu refermer la porte.

« – Je regrette de ne pas avoir respecté ma parole, Jack ! me dit-elle. Mais si tu savais tout, je suis sûre que tu me pardonnerais.

« – Alors, dis-moi tout !

« – Je ne peux pas, Jack ! Je ne peux pas !

« – Jusqu'à ce que tu me dises qui a habité cette villa et à qui tu as remis ta photographie, il n'y aura jamais de confiance possible entre nous ! »

« Je la repoussai et sortis. Cela se passait bien, monsieur Holmes, et je ne l'ai pas revue depuis, et je ne sais rien de plus. C'est le premier nuage qui assombrit notre union. Il a fait irruption si brusquement que je ne sais pas comment agir pour le mieux. Ce matin j'ai pensé que vous étiez tout à fait l'homme qui pouvait me conseiller : aussi ai-je couru vers vous ; je me place sans restriction aucune entre vos mains. S'il y a quelques points que je n'ai pas su rendre clairs, questionnez-moi. Mais par-dessus tout, dites-moi vite ce que je dois faire, car ce malheur est trop lourd pour moi. »

Holmes et moi, nous avions écouté avec le plus vif intérêt cette extraordinaire déclaration qui nous avait été faite sur le mode saccadé, haché, d'un homme en proie à une émotion extrême. Mon compagnon demeura silencieux quelques instants ; il avait le menton appuyé sur une main ; il pensait.

« Dites-moi, murmura-t-il enfin, pourriez-vous me jurer que la figure que vous avez vue à la fenêtre était une figure d'homme ?

– Les deux fois où je l'ai vue, j'étais à quelque distance ; il m'est impossible de le préciser.

– Et toutefois cette figure vous a frappé d'une façon déplaisante.

– Elle semblait d'une couleur anormale, et ses traits avaient une fixité bizarre. Quand je me suis approché, elle a disparu dans une secousse...

– Il y a combien de temps que votre femme vous a demandé cent livres ?

– Presque deux mois.

– Avez-vous déjà vu une photographie de son premier mari ?

– Non. Très peu de temps après sa mort, un grand incendie éclata à Atlanta ; tous ses papiers furent détruits.

– Et pourtant elle avait un certificat de décès. Vous me dites que vous l'avez vu ?

– Oui. C'était un duplicata qu'elle s'était fait établir après l'incendie.

– Avez-vous jamais rencontré quelqu'un qui l'eût connue en Amérique ?

– Non.

– A-t-elle déjà parlé d'une envie qu'elle aurait de revisiter l'Amérique ?

– Non.

– Reçoit-elle des lettres d'Amérique ?

– Pas à ma connaissance.

– Merci. J'aimerais bien réfléchir un peu à cette affaire. Si la villa est en permanence inoccupée, nous aurons évidemment quelques complications à vaincre. Si au contraire, comme je le crois, les locataires ont été avertis de votre arrivée et sont partis avant votre entrée dans la maison, alors ils doivent être maintenant de retour, et la solution du problème est sans doute à notre portée... Permettez-moi de vous donner un conseil. Retournez à Norbury et examinez encore une fois les fenêtres. Si vous avez quelque raison de supposer qu'elle est habitée, ne forcez pas la porte : mais envoyez-nous un télégramme. Une heure après l'avoir reçu, nous vous auront rejoint et en très peu de temps nous aurons vidé l'affaire jusqu'au fond.

– Et si la maison est encore vide ?

– En ce cas je viendrai demain et nous parlerons de tout cela. Bonsoir. Surtout, surtout ! ... ne vous rongez pas le cœur avant de savoir que réellement vous avez une bonne raison pour cela... »

Quand mon compagnon revint après avoir reconduit M. Grant Munron, il me dit :

« ... Je crains que l'affaire ne soit pas très jolie, Watson ! Qu'en pensez-vous ?

– Elle rend un vilain son, répondis-je.

– Oui. Il y a du chantage là-dedans, ou je me trompe beaucoup !

– Et qui serait le maître chanteur ?

– Eh bien, sans doute cette créature qui habite la seule chambre confortable de l'endroit, et qui a sur la cheminée la photographie de la dame. Ma parole, Watson, c'est très attirant, cette apparition de cette figure livide à la fenêtre ! Pour rien au monde je n'aurais voulu manquer cette affaire.

– Vous avez une théorie ?

– Oui. Une théorie provisoire. Mais je serais bien surpris si elle ne s'avérait pas exacte. Le premier mari de cette femme est dans la villa.

– Pourquoi croyez-vous cela ?

– Comment expliquer autrement son angoisse frénétique lorsque son deuxième mari voulait entrer ? Les faits, tels que je les reconstitue, doivent ressembler à ceci : cette femme s'est mariée en Amérique. Son mari a révélé un jour quelques particularités haïssables, ou, dirons-nous, il a contracté une maladie maudite et est devenu un lépreux ou un idiot. Elle s'est enfuie, a réintégré l'Angleterre, changé de nom et redémarré dans la vie, toute neuve... du moins elle le croyait ! Elle était mariée depuis trois ans ; elle pensait que sa situation était sûre ; elle avait dû montrer à son mari le certificat de décès d'un homme dont elle avait falsifié le nom. Et puis voilà que son domicile est découvert par son premier mari, ou, nous pouvons le supposer, par une femme que les scrupules n'embarrassent pas et qui s'est liée à l'invalide. Ils écrivent à Mme Grant Munro et la menacent de venir et de la démasquer. Elle demande à son mari cent livres et s'efforce d'acheter leur silence. En dépit des cents livres ils arrivent. Et quand le mari lui annonce par hasard que des nouveaux venus occupent la villa voisine, elle sait déjà que ce sont ses persécuteurs. Elle attend que son mari soit endormi, puis elle se précipite pour essayer de les convaincre de la laisser en paix. Comme elle n'obtient pas gain de cause, elle y retourne le lendemain matin, et son mari la surprend au moment où elle en sort. Elle lui promet de ne plus y aller, mais deux jours plus tard l'espoir de se débarrasser de ces terribles voisins est trop fort pour elle, et elle se livre à une nouvelle tentative en apportant une photographie qui lui a sans doute été demandée. En plein milieu de la discussion, la bonne accourt pour annoncer le retour de son maître. Sur quoi la femme, sachant qu'il se rendrait tout droit à la villa, fait sortir ses interlocuteurs par la porte de derrière, et les conduit sans doute à ce bois de pins qui nous a été indiqué comme tout proche. Ainsi il trouve la maison déserte. Je serais bien surpris, cependant, si elle était aussi tranquille quand il rentrera ce soir. Que pensez-vous de ma théorie ?

— Ce sont des hypothèses, sans plus !

— Des hypothèses qui au moins collent avec les faits. Quand de nouveaux faits seront apportés à notre connaissance et que ma théorie en collera plus, alors il sera assez tôt pour la reconsidérer. Pour l'instant nous n'avons rien à faire d'autre que d'attendre un message de notre ami de Norbury. »

Nous n'eûmes pas longtemps à attendre. Il arriva juste quand nous finissions notre thé. « La villa est toujours habitée. Ai vu la figure à la fenêtre. Je serai au train de sept heures. Ne prendrai aucune décision avant votre arrivée. » Tel était le message de M. Grant Munro.

Il nous guettait sur le quai à notre descente de wagon. Les lampes de la gare nous permirent de constater qu'il était très pâle et qu'il frémissait d'une agitation difficilement contenue.

« Ils sont encore là, monsieur Holmes ! murmura-t-il en posant une main sur la manche de mon ami. J'ai vu des lumières dans la villa quand je suis descendu. Nous allons régler tout maintenant, une fois pour toutes !

– Quel est votre plan ? demanda Holmes tandis que nous nous engagions dans la sombre route bordée d'arbres.

– Je vais pénétrer dans la maison par n'importe quel moyen : de force sans doute. Je verrai par moi-même qui habite là. Je voudrais que tous les deux vous me serviez de témoins.

– Vous y êtes absolument déterminé, en dépit de l'avertissement de votre femme ? Rappelez-vous : elle vous a dit qu'il valait mieux que vous ne sondiez pas ce mystère...

– Oui, je suis absolument déterminé.

– Ma foi, je pense que vous avez raison. N'importe quelle certitude est préférable au doute torturant. Nous ferions mieux de monter tout de suite. Certes, légalement nous nous mettons dans un mauvais cas, mais la cause en vaut la peine. »

La nuit était très sombre et une petite pluie commença à tomber quand nous quittâmes la grand-route pour tourner dans un petit chemin creux aux ornières profondes. M. Grant Munro marchait très vite ; en trébuchant nous le suivions du mieux que nous le pouvions.

« Voilà les lumières de ma maison, murmura-t-il en désignant une lueur parmi les arbres. Et voici la villa que je vais forcer. »

Après un coude du petit chemin, la villa se dressa tout près de nous. Une raie jaune qui tombait sur le premier plan obscur montrait que la porte n'était pas complètement fermée. A l'étage supérieur une fenêtre était largement éclairée. Pendant que nous regardions, une tache noire se déplaça derrière le store.

« C'est la mégère ! s'écria Grant Munro. Vous voyez bien qu'il y a quelqu'un ici ! Suivez-moi, et nous aurons bientôt le fin mot de tout ! »

Nous nous approchâmes de la porte, mais tout à coup une femme sortit de l'ombre et se plaça dans le rayon doré de la lampe. Comme elle était à contre-jour je ne pouvais pas voir son visage, mais elle étendait ses bras dans une attitude de supplication.

« Pour l'amour de Dieu, Jack, non ! cria-t-elle. J'avais le pressentiment que tu viendrais ce soir. N'entre pas, mon chéri ! Fais-moi confiance : je te jure que tu n'auras jamais à le regretter.

– Trop longtemps je t'ai fait confiance, Effie ! Laisse-moi passer. Il faut que je passe. Mes amis et moi nous allons éclaircir cette affaire et la régler une fois pour toutes. »

Il la poussa de côté, nous le suivîmes. Il ouvrit la porte. Une femme d'un certain âge accourut, voulut lui barrer le passage, mais il la bouscula, et nous grimpâmes l'escalier. Grant Munro se précipita dans la pièce éclairée du haut. Nous entrâmes sur ses talons.

C'était une chambre confortable, bien meublée, avec deux bougies qui brûlaient sur la table, et deux autres sur la cheminée. Dans un coin, penchée au-dessus d'un pupitre, il y avait ce qui ressemblait à une petite fille. Elle nous tournait le dos quand nous entrâmes, mais nous constatâmes qu'elle portait une robe rouge et de longs gants blancs. Quand brusquement elle nous fit face, je ne pus réprimer un cri de surprise et d'horreur. Sa figure était d'une affreuse teinte livide, avec des traits parfaitement dépourvus de toute expression. Une seconde plus tard le mystère fut expliqué. Holmes, en riant, passa une main derrière l'oreille de l'enfant, un masque tomba de sa figure, et nous nous trouvâmes en face d'une petite Négresse noire comme du charbon qui riait de toutes ses dents blanches devant notre stupéfaction. En sympathie avec sa joie, je me mis à rire aussi, mais Grant Munro, une main sur la gorge, cria :

« Mon Dieu ! Mais qu'est-ce que cela veut dire ?

– Je vais te l'expliquer !... »

Mme Grant Munro entra dans la chambre. Elle avait un fier visage, tragiquement beau.

« ... Tu m'as obligée, alors que je ne le voulais pas, à tout dire. A présent il faudra que toi et moi nous nous accommodions de la vérité. Mon mari est mort à Atlanta. Mon enfant a survécu.

– Ton enfant ! »

Elle tira de son corsage un médaillon en argent.

« Tu n'as jamais vu ce médaillon ouvert ?

– Je croyais qu'il ne s'ouvrait pas. »

Elle toucha un ressort, la face du dessus se leva. Alors apparut le portrait d'un homme, d'une beauté et d'une intelligence frappantes, mais qui portait sur ses traits les signes formels d'une ascendance africaine.

« C'est John Hebron, d'Atlanta ! fit la femme de Grant Munro. Et il n'y a jamais eu plus noble cœur sur la terre. J'avais rompu avec ma race pour l'épouser. Tant que nous avons vécu ensemble, je ne l'ai pas une fois regretté. Notre malheur a été que notre unique enfant ait tiré davantage de lui que de moi. Cela arrive souvent dans de telles unions, et ma petite Lucie est beaucoup plus noire que son père. Mais, noire ou blanche, n'importe ! Elle est ma petite fille chérie, elle sera l'enfant gâtée de sa mère ! »

La fillette, à ces mots, s'élança pour aller se pelotonner dans les jupes de Mme Grant Munro, qui reprit :

« ... Je ne l'ai laissée en Amérique que parce que sa santé était fragile, et parce que tout changement lui aurait fait du mal. Je l'ai confiée aux soins d'une fidèle écossaise qui avait été notre servante. Pas un instant je n'ai songé à la renier ! Mais quand j'ai appris à t'aimer, j'ai eu peur de te parler de cet enfant. Que Dieu me pardonne ! Je craignais de te perdre. Je n'avais pas le courage de tout te dire. Devant choisir entre vous deux, dans ma faiblesse de femme je me suis détournée de ma petite fille. Pendant trois ans je t'ai caché son existence, mais la nourrice me donnait de ses nouvelles et je savais ainsi qu'elle était complètement rétablie. Finalement, il me vint un désir insurmontable de revoir l'enfant. Je luttai, me débattis : en vain. J'avais beau supputer tous les dangers, je résolus de l'avoir près de moi, ne fût-ce que pour quelques semaines. J'envoyais cent livres à la nourrice et je lui fis parvenir toutes les indications quant à cette villa. De la sorte elle pouvait être notre voisine, sans qu'il y eût apparemment le moindre lien entre nous. Je poussai mes précautions jusqu'à lui commander de garder l'enfant à la maison pendant le jour, et de la munir d'un masque et de gants pour que les flâneurs susceptibles de la voir à la fenêtre ne bavardent point au sujet d'une enfant noire dans le pays. Peut-être aurais-je été mieux inspirée de prendre moins de précautions, mais j'étais folle de peur que tu n'apprisses la vérité.

« C'est toi qui m'as dit le premier que la villa était occupée. J'aurais sans doute dû attendre le matin, mais je ne pouvais pas dormir tant cette nouvelle m'avait énervée. Aussi me glissai-je dehors, persuadée que tu dormais. Seulement tu m'avais vue sortir, et ce fut là le début de mes chagrins. Le lendemain mon secret était à ta discrétion, mais noblement tu te contins pour ne pas poursuivre ton avantage. Trois jours plus tard, toutefois, la nourrice et l'enfant eurent juste le temps de fuir par la porte de derrière tandis que tu entrais par la porte de devant. Et maintenant... Maintenant ce soir tu sais tout... Et je te le demande, Jack : que va-t-il advenir de mon enfant et de moi ? »

Elle se tordit les mains en attendant une réponse.

Il ne s'écoula pas moins de deux minutes avant que Grant Munro ne rompit le silence. Mais quand il formula sa réponse, elle était du genre de celles dont j'aime à me souvenir. Il prit la petite fille, la leva à bout de bras, l'embrassa, et puis, tout en continuant à la porter, il tendit à sa femme son autre main et se dirigea vers la porte :

« Nous pourrons en discuter chez nous beaucoup plus confortablement, dit-il. Je ne suis pas un homme parfait, Effie, mais je crois que je suis meilleur que tu ne l'avais cru. »

Holmes et moi, nous les suivîmes dans le petit chemin creux. Mon ami me tira par la manche :

« Je pense que nous serons plus utiles à Londres qu'à Norbury... »

Il ne me souffla plus mot de l'affaire avant que, tard dans la nuit, au moment où il allait pénétrer dans sa chambre, il ne se retournât pour me dire :

« Watson, si jamais vous avez l'impression que je me fie un peu trop à mes facultés, ou que j'accorde à une affaire moins d'intérêt qu'elle ne le mérite alors ayez la bonté de me chuchoter à l'oreille : "Norbury !" Je vous en serai toujours infiniment reconnaissant. »

Toutes les aventures de Sherlock Holmes

Liste des quatre romans et cinquante-six nouvelles qui constituent les aventures de Sherlock Holmes, publiées par Sir Arthur Conan Doyle entre 1887 et 1927.

Romans

* Une Étude en Rouge (novembre 1887)
* Le Signe des Quatre (février 1890)
* Le Chien des Baskerville (août 1901 à mai 1902)
* La Vallée de la Peur (sept 1914 à mai 1915)

Les Aventures de Sherlock Holmes

* Un Scandale en Bohême (juillet 1891)
* La Ligue des Rouquins (août 1891)
* Une Affaire d'Identité (septembre 1891)
* Le Mystère de Val Boscombe (octobre 1891)
* Les Cinq Pépins d'Orange (novembre 1891)
* L'Homme à la Lèvre Tordue (décembre 1891)
* L'Escarboucle Bleue (janvier 1892)
* Le Ruban Moucheté (février 1892)
* Le Pouce de l'Ingénieur (mars 1892)
* Un Aristocrate Célibataire (avril 1892)
* Le Diadème de Beryls (mai 1892)
* Les Hêtres Rouges (juin 1892)

Les Mémoires de Sherlock Holmes

* Flamme d'Argent (décembre 1892)
* La Boite en Carton (janvier 1893)
* La Figure Jaune (février 1893)
* L'Employé de l'Agent de Change (mars 1893)
* Le Gloria-Scott (avril 1893)
* Le Rituel des Musgrave (mai 1893)
* Les Propriétaires de Reigate (juin 1893)

* Le Tordu (juillet 1893)
* Le Pensionnaire en Traitement (août 1893)
* L'Interprète Grec (septembre 1893)
* Le Traité Naval (octobre / novembre 1893)
* Le Dernier Problème (décembre 1893)

Le Retour de Sherlock Holmes

* La Maison Vide (26 septembre 1903)
* L'Entrepreneur de Norwood (31 octobre 1903)
* Les Hommes Dansants (décembre 1903)
* La Cycliste Solitaire (26 décembre 1903)
* L'École du prieuré (30 janvier 1904)
* Peter le Noir (27 février 1904)
* Charles Auguste Milverton (26 mars 1904)
* Les Six Napoléons (30 avril 1904)
* Les Trois Étudiants (juin 1904)
* Le Pince-Nez en Or (juillet 1904)
* Un Trois-Quarts a été perdu (août 1904)
* Le Manoir de L'Abbaye (septembre 1904)
* La Deuxième Tâche (décembre 1904)

Son Dernier Coup d'Archet

* L'aventure de Wisteria Lodge (15 août 1908)
* Les Plans du Bruce-Partington (décembre 1908)
* Le Pied du Diable (décembre 1910)
* Le Cercle Rouge (mars/avril 1911)
* La Disparition de Lady Frances Carfax (décembre 1911)
* Le détective agonisant (22 novembre 1913)
* Son Dernier Coup d'Archet (septembre 1917)

Les Archives de Sherlock Holmes

* La Pierre de Mazarin (octobre 1921)
* Le Problème du Pont de Thor (février et mars 1922)
* L'Homme qui Grimpait (mars 1923)

* Le Vampire du Sussex (janvier 1924)
* Les Trois Garrideb (25 octobre 1924)
* L'Illustre Client (8 novembre 1924)
* Les Trois Pignons (18 septembre 1926)
* Le Soldat Blanchi (16 octobre 1926)
* La Crinière du Lion (27 novembre 1926)
* Le Marchand de Couleurs Retiré des Affaires (18 décembre. 1926)
* La Pensionnaire Voilée (22 janvier 1927)
* L'Aventure de Shoscombe Old Place (5 mars 1927)